FRAGMENTS

POLITIQUES

ET LITTÉRAIRES

PAR

M. PITRE MERLAUD

Première Livraison

PARIS

IMPRIMERIE DE L. TINTERLIN ET Cᵉ

3, RUE NEUVE-DES-BONS-ENFANTS, 3

1864

FRAGMENTS

POLITIQUES

ET LITTÉRAIRES

PARIS

IMPRIMERIE DE L. TINTERLIN ET Cᵉ

rue Neuve-des-Bons-Enfants, 3.

Le recueil que nous annonçons comprendra un mélange de pièces littéraires et politiques, de correspondances. Elles ont pour nous l'intérêt d'impressions personnelles ; nous ne nous flattons pas qu'elles puissent en offrir au public. Aussi n'y attachons-nous pas l'importance d'une publication. Imprimé pour un cercle restreint, à un petit nombre d'exemplaires, nous ne le proposons pas à la vente. Nous avons passé l'âge des ambitions de toute nature, nous les avons peu connues, en cultivant une qui stérilisait les germe des autres, l'indépendance, ne pas dominer et ne pas servir. Nous recueillons des souvenirs politiques et littéraires ; ils en témoignent, croyons-nous, et lui appartiennent.

P. M.

1864

POÉSIE

FRAGMENTS

POLITIQUES ET LITTÉRAIRES

———————————————————

ALBONI

———

Angers, le ...

De bruits mélodieux l'air azuré résonne.
Angers, plage de fleurs, en bouquets les moissonne;
  Alboni vient vers vous.
A la muse, salut! salut à l'Italie!
La reine de ses chants ce soir à nous s'allie.
  Beaux-arts, salut à vous !

Vous seuls, esprits de paix, dans ce siècle d'alarme,
De Dieu donnez la trève. Un souffle heureux désarme
  Les esprits irrités.
Tout un peuple, qu'unit l'ivresse de vos fêtes,
Repose, et rit au jour soyeux que vous lui faites
  Par vos jeux enchantés !

Oiseaux, silence! et vous, des lacs sur l'onde pure,
Zéphirs qui murmurez! et vous, forêts! nature,
  Suspends ton chœur serein !
Un bruit plus noble et doux monte, une voix de femme.
L'air vibre, illuminé comme de traits de flamme,
  A ce chant souverain.

Salut, touchantes sœurs, ombres de deuil voilées,
Échos du ciel, peuplés de plaintes désolées,
    Léonore, Fidès ! (1)
Quels transports, quand sur vous d'Alboni le génie
Gémit dans tous les cœurs, de pleurs et d'harmonie
    Doucement inondés !

Ses chants, brises d'azur, gazouillent des ramages
Frais comme les ruisseaux ; sa voix a des orages
    Graves comme les mers,
Larges comme le flot qui heurte le nuage,
Et s'abaisse, grondant de rivage en rivage,
    Dans les gouffres amers.

Les anges fraternels à son âme sereine
Ont révélé des sons qu'elle exhale sans peine.
    L'art suprême et divers
Est sa nature même et le chant sa parole,
Comme à l'oiseau des bois qui s'éveille et s'envole
    En semant des concerts.

L'essaim des fleurs, quand mai d'éclairs frange l'aurore,
S'embaume aux feux naissants du rayon qui le dore,
    Jette mille senteurs.
Telle, Alboni, ta voix de la terre applaudie,
Harpe des cieux, sur nous verse leur mélodie
    En échos enchanteurs.

(1) Alboni, dans *la Favorite* et *le Prophète.*

POUR LA FÊTE

DE LA SUPÉRIEURE D'UNE INSTITUTION.

Bonne mère, à ce nom si doux
Mon cœur répond en tendre fille.
C'est du ciel qu'il descend sur vous,
Et vos enfants sont sa famille.
A lui vous élevez nos cœurs.
Des vertus sous l'aile bénie
Nous recevons, heureuses sœurs,
Leur lait pur. Votre voix chérie
Ouvre au jour notre jeune esprit,
Pour Dieu nous enseigne la vie :
Le travail ici-bas prescrit,
L'humble fortune sans envie,
Sans orgueil les dons du destin,
D'un père le respect docile,
Pour tous être bonne et facile,
De la douleur chercher la main,
Par la pitié large et féconde
Du pauvre adoucir le chemin.

Sous des fleurs, à nos pas le monde
Va bientôt jeter son écueil.
En nous votre main tutélaire
Allume, de l'abîme au seuil,
Un flambeau divin qui l'éclaire.
Nous fuirons son naufrage amer,
Les flots brillants de cette mer

Où l'âme, aux tourbillons en proie,
Chancelle. Ici luit un rayon
Qui du ciel ouvre le sillon ;
Dans la nuit il trace sa voie.
Ces murs sont le port, le bonheur ;
Vous aimer y fait notre joie,
Être aimé de vous notre honneur.

Mère, en ce grand jour Dieu couronne
Au ciel votre sainte patronne,
Et l'Église prend ses couleurs.
Votre jeune troupeau se range
Ici, pour fêter un autre ange...
Nos mains vous présentent ces fleurs.

UNE ÉLÈVE.

ÉLÉGIE

———

SUR LA MORT D'UNE DAME OCTOGÉNAIRE.

Elle ne m'attend plus. Mon doux pèlerinage
A l'autel du vieil âge et des nobles vertus
Est fermé. Loin de nous, pure étoile, elle nage
Dans l'azur où ses vœux montaient, près des élus.

De la tombe elle a vu toucher l'écueil funeste
Un monde de vivants; comme eux née au berceau,
Des passagers d'un siècle elle était ce qui reste.
Au naufrage d'un âge elle pose le sceau.

Elle a passé, pleurant vers le ciel qui pardonne,
Des temps noirs et tonnants, de flots de sang chargés.
Ils coulaient sur son cœur, et, comme sa Madone,
Elle était une tente ouverte aux naufragés.

Pour ses élus, le temps ouvre aux cieux une source
De soleils sans hivers et d'un plus riche feu.
Jusqu'à la borne humaine ils prolongent leur course ;
De la terre la loi les arrête pour Dieu.

Sans crainte et d'un cœur doux, sa vue était tournée
Vers la vie inconnue où tous doivent entrer.
Elle penchait le front, déjà comme inclinée
Devant ce Dieu de paix qu'elle allait rencontrer.

Donner était sa loi. Ses nuits avec tendresse
Parfois veillaient le pauvre et goûtaient la douleur.
Sur la terre ses biens, en sa simple richesse,
Étaient un coin du ciel, domaine du malheur.

La sainte gravité de ses ans qu'on révère
De la vie était jeune aux innocents loisirs ;
Indulgente, son âme aux méchants seuls sévère,
Du monde bénissait les arts et les plaisirs,

De la nature aimait la splendeur et la joie,
Ses fleurs, ses eaux d'un ciel pur berçant la couleur,
A des souffles féconds les doux printemps en proie,
La jeunesse au front gai, printemps toujours en fleur.

Les images d'amis perdus, pensée amère !
Peuplaient ce noble cœur. Quand j'abordais son seuil,
Souvent ses yeux mouillés me parlaient de ma mère,
De mes beaux ans premier amour, suprême deuil.

Sitôt me la ravit la nature marâtre !
Ma mère, âme choisie, au front grave et charmant,
Des stériles lueurs de mon aube idolâtre,
Et de mon jeune esprit le plus pur élément,

Qui, pour un fils, du sort voilé dans les ténèbres,
Voyait luire, mirage effacé sans douleur !
D'une palme l'orgueil sur un des champs célèbres
Où germent les beaux noms, rarement le bonheur.

Eh ! quel nom encensé, quelle gloire hautaine
Valent ce cri du cœur vibrant jusqu'au linceul,
Je suis libre ! mon âme eut pour unique chaîne
La patrie, et ma vie a pour juge Dieu seul !

Ah ! le vieillard est saint ! car un aïeul, un père,
Ces chers dieux du foyer qu'on évoque à genoux,
Ont passé devant lui. Qu'il soit pauvre ou prospère,
Inclinons-nous, pieux, s'il passe devant nous !

La vieillesse sereine, à l'abri des naufrages,
Au seuil du ciel assise en de purs horizons,
Grave et libre, a quitté la terre des orages,
Ses haines, ses amours troublés, ses trahisons.

L'homme oublie, épuré, des vices le blasphème,
Qui peut-être jadis a connu son encens.
La neige de son front, comme l'eau d'un baptême,
De leur tache a lavé sa pensée et ses sens.

Celle qu'à mes respects l'arrêt du ciel dérobe,
Jamais l'esprit du mal, d'un souffle sur son sein,
N'altéra son haleine et n'effleura sa robe ;
D'anges à ses côtés on voyait un essaim.

Et maintenant les chants de leur troupe fidèle
Au Dieu qu'elle adorait présentent une sœur,
Quand j'épanche les pleurs de ceux qui rêvent d'elle
Ici-bas, d'un accent faible écho de leur cœur (1).

_____

(1) J'emprunte ses pieuses idées à celle dont je m'entretiens ; c'est un hommage à sa mémoire, le seul auquel elle eût été sensible.

A M. DE LAMARTINE

Excepté l'évidence de Dieu, le surnaturel
est impénétrable. Il ne donne à l'esprit moral
qu'une alternative : l'affirmer sous l'autorité
des religions, ou ne pas discuter et obéir aux
lois de la conscience.

Roi du peuple, exilé, reprends avec ta foi (1)
Sa lyre. D'olivier ceinte comme autrefoi,
Que ta muse du trône associe à l'empire
Les saintes libertés que ce siècle respire !
Prophète ! annonce aux rois fermés à ces ardeurs,
Les astres menaçants, d'orageuses splendeurs ;
Car ils n'arrêtent pas le globe, et le jour monte
Sur les pouvoirs sans loi, jour de trouble et de honte,
Ni de la haute mer la marche sans repos
Et les souffles soudains prêts à gonfler ses flots,
Ni l'active nature aux sèves toujours pleines,
Ni le sang généreux qui coule dans nos veines ;
Car les peuples demain vont, d'un cœur transporté,
S'unir, devant le ciel, et crier : LIBERTÉ !
L'avenir s'ouvre ; il parle à l'Esprit de la lyre,
Et la voix du Destin gronde dans son délire.

La terre écoute et suit. Mais du monde divin
Les secrets sont murés au poëte devin.
L'éternité fonda ses lois et les couronne,
Son nom est l'infini, le mystère est son trône.

(1) M. de Lamartine paraît être retourné aux instincts politiques de sa jeunesse.

Pour cette terre auguste il n'est pas de Colomb ;
Et les aigles, Pascal, Bossuet, Fénelon,
N'y touchent pas plus près, dans leur essor superbe,
Que la troupe d'enfants qui se roulent sur l'herbe.

Pourtant l'homme du monde a vu les fondements.
Les cieux se sont ouverts; il suit leurs mouvements.
De l'espace sans borne il soulève les voiles,
Dans leur grand océan vogue avec les étoiles,
Les voit naître et pâlir, mesure la chaleur
De leur haleine, et pèse en sa main leur ampleur.
Mais la terre, astre ami, son libre champ d'étude,
Immergé dans leur sein, lui dit leur altitude.
Quel flambeau fait le jour pour nos yeux incertains
Sur l'essence suprême, et l'âme et ses destins ?
Vingt générations de philosophes blêmes,
D'adorateurs pieux ont tenté ces problèmes.
Tels que le voyageur, sous un ciel étranger,
Perdu dans les déserts qu'il ose interroger,
Leur génie, ici-bas rivé par ses racines,
Évoque en vain les purs esprits, les lois divines.
De ces hauteurs l'abîme échappe à leur compas,
Et des lignes sans fond y repoussent nos pas.
L'aile de la pensée, en sa vaste envergure,
Se brise, et du néant voit surgir l'ombre obscure
Quand, dépassant sa borne, elle atteint au sentier
Des hauts-lieux et s'essaie à voir Dieu tout entier.
Quelle autre humanité, sur la terre inconnue,
S'élève à lui ? Pour l'homme, il s'arrête en sa nue,
Impuissant à franchir son orbite, et pareil,
Dans leur cercle enfermés, à la terre, au soleil.
Il y naît, il y meurt. Et la vile matière
Insulte de son maître à l'ignorance altière,
Faible, aveugle, vaincu, comme elle sans pouvoir,
Et sur elle élevé par son seul désespoir.
En assauts dévorants ton âme se consume,
Comme au coursier, ta lèvre est de flamme et d'écume,
Et, semblable au géant sous les monts foudroyé,
Ton esprit sous le poids du mystère est ployé.

Nul n'atteint l'invisible, insondable génie.
La course des soleils, en leur aire infinie,

En vain cherche de Dieu, d'une âme le séjour.
Dans leur œil enflammé le temps use le jour,
Il s'éteint, sans toucher à la hauteur profonde
De ce monde inconnu, centre et guide du monde.
La nature a des lois, trouve en elles son port.
L'homme aspire; et, ravi d'un suprème transport,
Près de laisser sa cendre à ce globe éphémère,
Demande au ciel d'ouvrir les splendeurs de sa sphère.
Quatre mille ans, gravés aux fastes des humains,
Les virent à la fois vers lui lever les mains;
Du Gange à l'Occident, pour fléchir son silence,
De temples suppliants le dôme au ciel s'élance.
Rien ne change du Dieu l'immobile décret.
La Majesté voilée a gardé son secret.
Son œuvre seul le nomme, et de clartés l'inonde.
Le monde le célèbre, et l'insecte est un monde.
Dans toute vie en fleur il rayonne vivant.
Immuable, il conduit l'ordre éternel mouvant.

Du séjour éternel l'homme ne voit que l'ombre,
Un éclair, combattu par la nuit haute et sombre
Mais son esprit domine, et son bras sait fleurir,
Illustrer cette terre où tout naît pour mourir;
Il règne; à ses travaux, géante, il sait suspendre
L'âme de la matière, en foudres la répandre.
La nature et ses lois sont sortis devant nous
Du nuage qui vit Memphis, Thèbe à genoux.
La science triomphe et soumet le mystère,
Pénètre l'épaisseur des cieux et de la terre.
Ce globe est son domaine; elle borne ses mers,
Ses forces, ses trésors, ses confins sont ouverts.
Chaque jour un éclair y brille; chaque aurore
Fend une nue et guide à des champs qu'on explore.

Du monde au mouvement, des législations
L'axe change. Rendant leur titre aux nations,
L'ancienne loi s'éteint. Devant des lois plus hautes
Des peuples souverains les trônes sont les hôtes.
De cent règnes le droit barbare est effacé,
Et noyé dans la nuit de son âge éclipsé.
Les *Agnats*, les *Cognats*, leurs luttes, jeux de princes,
Au tombeau des aïeux glissent, sous leurs provinces.

D'un pacte, aux rois élus, l'auguste majesté
Dicte ce code saint : JUSTICE ET LIBERTÉ!
Sur eux un ciel d'honneur, d'amour, de paix se lève!
Mais la voix des flatteurs, et du pouvoir le rêve!
Mais l'ombre de cent rois qui crie, en son linceul :
« Mieux tomber, qu'être au trône et ne pas vouloir seul!... »

Par le sceptre égaré la révolte commence,
Des révolutions jette aux vents la semence.
Elle monte; et celui qui put régner toujours
De la Plèbe, colosse, est sujet, sous deux jours (1).
Et malheur! car la foi, la digue ainsi rompues,
Un poison subtil filtre aux foules corrompues,
Le sourd mépris des dieux, du travail, du devoir,
En haut bassesse, en bas la haine du pouvoir.

D'opulentes cités la France se décore :
Gloire aux génie, aux arts! Mais au-dessus encore
Du marbre Olympien de leurs grands monuments,
Gloire aux Tables des droits, nos plus chers ornements!

La terre, astre des cieux, est sous leur loi suprême,
Le progrès; l'embellir est parer le ciel même.
A lui notre œuvre monte; il voit éclore au jour
Les hauts germes en nous semés avec amour.
Tes concerts radieux résonnent sous sa voûte
Et des anges les chœurs les redisent. Sans doute
Ta jeune âme écoutait leurs chants, qu'elle épela,
Quand le sein d'une mère ici-bas l'appela.
Son rêve l'y rappelle; et, du terrestre empire,
Elle remonte aux champs d'amour où Dieu l'inspire.
Et le monde l'entend dans leur azur vermeil
Soupirer; ou chanter, aigle, près du soleil.
Son disque, âme des airs, de ses feux nous féconde;
Plus doux sont les accords de ta harpe profonde,
Quand l'aurore ou la nuit, et les mers et les bois,
A ton signal, en chœur chantent avec sa voix.
Mais leur écho se trouble; il gémit aux murmures.
Qu'exhalent de ton cœur enflammé les blessures.

(1) Révolution de Février. Le mot *plèbe* est pour nous ici le *plebs* latin, comme
il est compris dans le mot *plébiscite*.

2

Ta muse de douleurs s'enivre, et sur les pas,
Voit tomber du ciel même une ombre de trépas.

De tes espoirs éteints ne fouille pas la cendre;
L'épreuve illustre et sacre, accuser est descendre.
Épique citoyen, la patrie en danger
Seul t'a vu vaincre un peuple, à la loi le ranger.
Le sort de la vertu t'a laissé la couronne;
Sa clémence peut-être a renversé ton trône;
Accepte tes revers. L'être a qui tout ressort
De l'ordre universel connaît seul le ressort.
Nul œil ne mesura cet horizon sublime;
La foudre du mystère en couronne l'abîme.
Le ciel élève, abaisse, en ses conseils certains;
Et, comme il crée un monde, il fonde nos destins.
Du maître souverain quelle vaine science
Ose, aux plateaux humains, peser la conscience?
Chaque astre a, dans l'éther, sa flamme et son parcours;
Les races de la terre ont des horizons courts;
Incompris du troupeau qui près de nous rumine,
Hommes, comprendrons-nous la royauté divine?
Éclose au jour sans ombre, aux sources du pouvoir,
Sa justice a pour loi le suprême devoir,
Et ton âme, si haut en ses éclairs placée,
Dans ta pensée en vain cherchera sa pensée.

Laissons la folle audace au spirite insensé
Qui des mânes poursuit le silence glacé,
Et les interrogeant, d'une voix insolente,
Des aïeux, des héros entend l'âme parlante.
Vains rêves! Du tombeau nul écho ne répond;
De son empire au jour nul ne franchit le pont.
Son sommeil et sa nuit scellent ces chers fantômes.

D'un nuage éternel, pour nos mondes atômes,
L'esprit du ciel se couvre et nous voile ses pas.
De notre âme l'orgueil ne le lèvera pas.
Le Dieu caché nous fuit; sa clarté se révèle
A l'esprit simple, au cœur prosterné du fidèle.
Des temples les chants seuls savent parler de lui.
L'invisible, à leur voûte, est un soleil qui luit.

Il vit; sur les autels ils montrent son image.
Il parle; au Verbe saint la foi va rendre hommage
A Delphes, à Médine, à Sion, rendez-vous
Des peuples, tour à tour. dans la poudre à genoux.
Pour eux, mourir est vivre : haute et sublime phase!
Le ciel s'ouvre; enivré de paix sainte et d'extase,
L'élu de la foi goûte, en son sein transporté,
L'infini du bonheur, dans l'immortalité.

Pour s'unir au grand être, en vain ton cœur aspire
A le voir face à face; en exil il expire.
De l'infini l'ivresse est pour l'âme un poison.
Flotte en paix dans son sein, sans demander son nom,
Comme se laisse aux mers rouler le grain de sable.
Endors en toi l'horreur d'une ombre ineffaçable.
La raison simple espère et dit : silence, ou foi!
Laissant au rêve obscur un maladif effroi.
Consultons-la; sa voix au ciel est notre offrande.
Sa substance est divine, et sa loi nous commande,
Donne l'un aux autels, l'autre à la liberté,
Pure, même en l'erreur, comme la verité.

Marchons à ce flambeau, qui dans les hauts lieux mène,
Par Dieu même allumé, la conscience humaine. .
Sa trace est droite et sûre; en tout temps, en tout lieu,
C'est le sentier du sage, et la route vers Dieu.

ÉLÉGIE.

SUR LA TOMBE D'UNE ÉPOUSE.

1863.

La Mort a cette année une faulx vaste et prompte.
Elle amasse son peuple, et l'abîme le compte.
Il faut que la douleur déborde, des Enfers
Aux portes, que les pleurs roulent comme des mers.

Là, des fils, des époux les purs trésors s'engouffrent.
Chaque larme est le cri de tendres cœurs qui souffrent;
Et le ciel, sans pitié, voit gémir sur leurs bords
Le monde des vivants, pâle comme ses morts.

J'y suis une chère ombre! O ma vieille compagne,
Mon pas du désespoir vient fouler la campagne!
Qu'il t'éveille; entends-le, saint objet de mes vœux.
Et que la mort émue écoute mes aveux :

Par la tombe où tu dors sous mes regards humides,
Va, je t'aimais! Mon âme à tes vertus candides
Vouait un culte heureux d'amour et de respect.
J'aspirais un parfum du ciel à ton aspect.

Peut-être, lorsqu'ici mon soir sombre s'achève,
Une aube t'éblouit; l'astre éternel s'y lève.
Des âmes s'il préside un sublime univers,
Ses anges t'attendaient, les cieux étaient ouverts.

Ta foi simple, la Grâce aux saints que le ciel donne,
Sur nos jours étendait le bras de la madone ;
Me serrer près de toi c'était, l'œil affermi,
Insulter aux complots du sort, d'un ennemi.

Plus d'une fois l'orage a grondé sur ma voile ;
Ton souffle dans l'éclair allumait une étoile.
Rafraîchissant mon cœur, d'un souci tourmenté,
Un cher ange agitait son aile à mon côté.

Ton amour tendre et sûr en mon âme calmée
Éteignait les espoirs vains. Pouvoir, renommée,
Ces rêves séducteurs ne l'effleuraient jamais.
Mon bonheur dans la plaine oubliait les sommets.

Heureux qui loin du cirque où, d'une roue ardente,
L'ambition, l'orgueil courent, cercle du Dante !
Souverain sans sujets poursuit pour volupté
Ces seuls rêves divins : Amour et Liberté !

Qui me rendra ce frais bonheur, mon simple empire,
Ces longs soirs studieux qu'éclairait ton sourire,
Mes voyages lointains, mais pressés du retour
Pour que le foyer calme et le cœur aient leur tour ?

Chers souvenirs, soyez mon éternel hommage
A sa tombe, à genoux retracez son image !
Quel charme d'innocence et de naïveté !
Raison droite, esprit gai, douce malignité,

Cœur bienveillant qui s'offre et demande qu'on l'aime :
Faire et voir du bonheur était le sien suprême !
Tachant ce pur cristal en sa limpidité,
Jamais un pli de haine à son front n'a monté.

Dieu qui fuit l'âme avare, en son or vil bannie,
Nourrissait la misère à sa porte bénie.
A la ruche de l'humble elle portait le miel,
Car ses toits hauts et froids sont un degré du ciel.

Son rire ouvert, où court la gaîté sans mensonges,
Vrai comme un chant d'oiseaux, me berçait d'heureux songes.
Tout était simple et pur en elle ; et, triomphant,
J'avais deux biens aimés, une femme, un enfant.

Me voici seul, chère àme à ce bonheur ravie!
Dieu le veut; j'ai vécu! Sans dédain de la vie,
D'un espoir plus serein l'horizon luit pour moi :
Te suivre à ta demeure, et dormir près de toi.

Dans mes veines, au cœur, ta vie était entrée,
Et d'un vide glacé la mienne est pénétrée ;
Le chêne aux verts rameaux, de la forêt l'honneur,
Blessé dans la racine, y rend sa séve et meurt.

Un feu versé du ciel et le sceau des années
Rivent, par leur anneau, deux âmes enchaînées;
L'époux frappé du sort n'en perd aucun lambeau,
Entraîne tout et met deux âmes au tombeau.

Ah! c'est moi, moi cruel, ô ma blanche statue,
Qui de ce lourd granit et d'ombre t'ai vêtue!
Qui te traînai, debout guidant le char fatal,
Sans mourir sous sa roue, à ce lit nuptial !

O misère, ô destin, oh! de l'amour blasphème !
Dans la nuit de la terre emporter ce qu'on aime,
Noyer ces morts chéris! Quand on voudrait, vainqueur,
Les serrer à jamais sur le pouls de son cœur.

Ainsi tout passe et fuit; la loi sait tout atteindre.
Ainsi passent les cieux, que le temps voit s'éteindre,
Vertus, grâces, génie, et royaumes d'un jour...
Dieu seul triomphe, et crée, et s'appelle : ΤΟΥJΟΥΡ.

Sans plainte et sans efforts, elle quitta la terre
Quand l'ange de la mort annonça son mystère,
Telle qu'on voit la fleur mollement se pencher
Quand sa saison finit, et choir sans la toucher.

Le ciel lui fit la mort douce comme à l'enfance :
Un sommeil palpitant fut sa seule souffrance.
Elle rêvait de nous, et son âme s'enfuit
Comme aux plaines de Dieu l'astre monte sans bruit.

POLÉMIQUE

Nous rappelons ici le compte-rendu d'un procès de presse suivi à l'occasion de l'écroulement du pont suspendu d'Angers, le 16 avril 1850.

On n'a pas oublié cette catastrophe. Le pont se rompit sous la marche d'un bataillon. En un moment les eaux de la Maine se fermèrent sur deux cent cinquante officiers et soldats. On les relevait à la fois noyés, et passés en grand nombre au fil de leurs bayonnettes, en tombant des hauteurs du pont les uns sur les autres. Ce spectacle était lamentable.

L'émotion fut universelle dans le pays. C'était de la stupeur dans la cité témoin du désastre. Une circonstance particulière aggravait le sentiment public. Le passage de la troupe sur ce pont dé structure fragile n'était pas nécessaire, n'était pas normal. La direction naturelle et accoutumée d'entrée en ville la conduisait au pont de pierre central, dit le pont *Beaurepaire*, du nom de l'héroïque commandant de Verdun. Un ordre spécial de l'autorité locale avait imposé ce circuit, sans en pressentir le danger. C'était un acte d'imprévoyance fondé sur des motifs peu sérieux et peu légitimes.

Le lendemain de l'événement, *le Précurseur de l'Ouest*, l'un des journaux écoutés de l'opinion dans le département, se fit l'organe de la pensée générale. C'était son devoir, sa mission. Il s'éleva contre l'imprudence de l'ordre de marche, dans un court article, souscrit des initiales connues de M. Pitre Merlaud, l'un des propriétaires-directeurs. L'article fut saisi et déféré à la justice. Cette tentative du ministère public fut bientôt suivie d'une seconde, à l'occasion d'un second article.

Du premier, nous reproduisons ici un fragment, comme introduction au compte-rendu qui va suivre, du dernier procès d'assises :

« Quel est l'agent directeur de haute ou basse police qui, « pour éviter la traverse du faubourg, a prescrit la route du pont « suspendu ? De là tout le mal. A cet homme, quel qu'il soit, la « responsabilité de la mort foudroyante de deux à trois cents « braves soldats, hier pleins de vie et de jeunesse, perdus au-« jourd'hui pour leur famille et pour la patrie. Son nom ne doit « pas, ne peut pas rester inconnu. Que sa conscience repose à « l'aise, si elle le peut, sous le fardeau de tous ces cadavres ! Il a « évité quelques acclamations possibles mal sonnantes à ses « oreilles (le 1er bataillon du régiment venait de traverser le fau-« bourg au cri de : Vive la République, échangé entre le peuple et « les soldats, sous le règne de la République) ; il a rencontré un « irrémédiable malheur. C'est trop d'être non pas l'intention, « mais l'occasion de ce deuil public ; il le bannit de notre cité. « L'ombre des trois cents victimes, visible pour la population « entière, l'escortera sans cesse dans nos rues. Nous le cherche-« rons, nous le trouverons, nous le nommerons, ou plutôt une « enquête officielle, réclamée de tous, en fera justice. »

La voix publique désignait l'ordonnateur aveugle de cette contre-marche vers le pont suspendu, un haut fonctionnaire. La saisie du numéro et l'action du ministère public échouèrent devant l'esprit de justice, l'appréciation locale des faits et la fermeté de la Cour d'Angers. La Chambre d'accusation rendit un arrêt de non-lieu. Écrit avec vivacité sous l'impression poignante du moment, l'article d'ailleurs n'exagérait rien et n'inventait rien. Tout démenti était impossible. Sa demande d'enquête n'était qu'un appel régulier à la justice, comme l'auteur le fit observer au jury dans sa défense (ci-après page 17). En présence d'un fait *d'homicide par imprudence*, et quelle hécatombe ! Le ministère public n'avait il d'autre devoir d'égalité, d'indépendance et de dignité que de poursuivre le journal qui le signalait ?

Une explosion inattendue et injustifiable éclata ailleurs. L'auteur de l'article, mis hors de cause par la magistrature souveraine, fut dénoncé pour ce même article quelques jours après, à la tribune de l'assemblée législative, par M. le marquis d'Hautpoul, principal ministre. Il qualifia, lui et quelques rédacteurs d'un autre journal, de *misérables folliculaires*. M. Pitre Merlaud répondit dans *le Précurseur* à cette agression insultante. De cette réponse naquit la poursuite nouvelle et directe cette fois, devant la Cour d'assisss, dont les débats sont reproduits ci-après.

Le rédacteur en chef du journal, M. Maige, dût être mis en cause, comme gérant. L'organe du ministère public le traita dans son réquisitoire avec une extrême faveur de langage et détourna de lui les poursuites. Il le félicita de sa modération, en contraste avec la coupable violence, comme il l'appelait, des articles incriminés. Quelque temps après, M. Maige fut mis en état d'arrestation et forcé de quitter la France. Cet événement fut sans nul doute un deuil pour l'honorable avocat-général. Dans sa sincérité et sa loyauté, il fit certainement les efforts que son titre officiel autorisait pour sauver l'écrivain de talent et de mesure dont il avait si justement caractérisé le passé. Sa sympathie fut impuissante. M. Maige, en passant les mers, put se rappeler le vers du poëte :

Tout couvert de lauriers craignez encor la foudre!

La couronne de modération et de prudence qui lui avait été décernée ne le défendit pas, en effet, d'une douloureuse séparation de sa femme et de son pays.

Cour d'Assises de Maine-et-Loire.

DÉLIT DE PRESSE. — LE MINISTÈRE PUBLIC CONTRE M. MAIGE, GÉRANT, ET M. PITRE MERLAUD, RÉDACTEUR DE L'ARTICLE INCRIMINÉ.,

Audience du 6 mai.

PRÉSIDENCE DE M. BOURCIER.

(Extrait du journal *le Démocrate* d'Angers.)

M. L'AVOCAT-GÉNÉRAL MÉTIVIER occupe le fauteuil du ministère public.

MM. PITRE MERLAUD, propriétaire, et M. MAIGE, rédacteur en chef gérant du *Précurseur*, prennent place en avant du banc de la défense. Ils sont défendus par M. GUITION.

Le greffier donne lecture des pièces de la procédure et de l'article incriminé, qui est ainsi conçu :

« A M. le rédacteur du *Précurseur de l'Ouest.*

« Monsieur le Rédacteur,

« Nous ne qualifierons pas plus gravement qu'elle ne mérite
« la comédie de vertu politique blessée et d'indignation, jouée
« sur la scène parlementaire, à notre occasion, par M. d'Haut-
« poul, dans la séance que les feuilles du jour reproduisent. Il
« savait, l'innocent ministre, qu'en appréciant les désastres de

« la Basse-Chaîne, nous n'avions accusé personne d'une pré-
« méditation meurtrière. Loin de là, nous avions pris soin de
« laver de soupçons injustes les agents de l'autorité, devant l'opi-
« nion agitée. Nous dénoncions une imprudence insensée, mor-
« telle, dans cette catastrophe déplorable et dans les causes qui
« l'ont amenée ; rien de plus ni de moins. C'était notre convic-
« tion, notre droit, notre devoir. Nous nous félicitons de l'avoir
« rempli.

« Une instance a été ouverte ; elle est terminée. La loyale jus-
« tice de la Chambre d'accusation a arrêté la poursuite tentée
« contre nous, au seuil même du temple. Il est aujourd'hui pour
« nous un abri trop élevé et trop imposant pour qu'il soit donné
« aux diffamations calculées d'un ministre de nous y atteindre.
« L'arrêt de la Chambre est son éclatante condamnation. Il le
« déclare calomniateur. S'il reste, dans la circonstance, un *misé-*
« *rable folliculaire*, c'est M. d'Hautpoul, répandant du haut de la
« tribune sans contradicteur possible , par les cent échos de
« la presse qui enregistraient ses paroles, une misérable imputa-
« tion contre d'obscurs, mais loyaux adversaires de sa politique.
« Puisse cette leçon lui profiter ; qu'elle le corrige à l'avenir de
« la tentation d'en donner aux autres.

« Il est beau d'être le pouvoir dans un grand pays comme la
« France ; mais que reste-t-il de ce titre, si on en retranche la
« loyauté, la justice et l'indépendance ? Au fond, qu'a voulu le
« chef du ministère de camarilla, par cette scène fausse et solen-
« nelle montée contre la presse de la cité, siége du désastre ?
« Couvrir, aux yeux de la Chambre trompée, la responsabilité
« de certains agents de l'autorité, gravement engagée devant le
« pays. Il a prouvé une fois de plus combien la notion du pou-
« voir, force supérieure, impartiale et distributive était loin de
« lui. Sa main épargne les agents coupables d'une cruelle im-
« prudence, les relève peut-être et les encourage : c'est nous seul
« qu'elle cherche à atteindre. Quelle élévation et quelle pré-
« voyance ! M. d'Hautpoul n'est pas le pouvoir, il n'en est que la
« parodie et la calomnie.

« Il nous menace ; inaccessible dans notre droit, sûr de la jus-
« tice du pays, nous le bravons et le défions ; il n'y a pas grand
« courage à cela. Il nous insulte ; mais les alliés du ministère,
« ses organes même les plus intimes dans la presse que nous
« combattons, insultent chaque jour, et dans le silence des pre-
« miers parquets, la Constitution, la République dont elle a le
« titre et la forme, l'Assemblée des représentants, la paix pu-

« blique qui ne vit que sous la garde des institutions. Heureux
« nous sommes de partager de pareilles disgraces.

« Le cabinet de casses-cous, dans lequel un nom nous afflige,
« (M. Bineau, ancien ami de la rédaction du *Précurseur*), dont
« M. d'Hautpoul est une personnification significative, donne
« à la France le plus alarmant des spectacles, celui d'hommes
« sans foi politique, d'esprits faux, étroits, téméraires, usurpant
« le titre de l'Autorité. L'opposition qui leur fait face, dont
« nous sommes un des faibles membres, n'est point une cons-
« piration de désordre, comme il leur plaît de le prétendre. Non;
« Nous ne sommes point des hommes de désordre; mais, sans le
« savoir et le vouloir, accordons-le leur, ils sont eux ces hom-
« mes, un ministère de révolutions. Grâce à leurs fautes qui s'ac-
« cumulent, nous tremblons à voir les points noirs d'orage, les
« inexorables bouleversements que l'œil découvre à l'horizon
« peut-être prochain, de notre pays. Le ministère nous semble
« conduire, à pas rapides, les institutions, la société même, à un
« pont croulant, invisible, prêt à l'engloutir. Qui peut prévoir un
« an d'avenir? La révolution et la civilisation, alliées naturelles,
« l'une, la justice et la liberté, l'autre, l'ordre et la fécondité,
« nous sont également chères et sacrées. La marche aveugle du
« pouvoir tend à les mettre un jour aux prises. C'est dans cette
« lutte, si elle s'engage, que seront la barbarie véritable et la
« ruine sans fond. Tous les principes, toutes les existences, peu-
« vent y faire naufrage. Mais le pays est à lui-même sa provi-
« dence; il se sauvera, espérons-le, par sa propre force, qui l'a
« sauvé tant de fois depuis soixante ans. »

M. l'Avocat-Général a la parole :

« A la suite de la déplorable catastrophe dont il a été déjà deux
fois parlé dans cette enceinte, deux journaux de cette ville ont
été saisis.

« Une ordonnance de non-lieu a été rendue sur les premiers
articles, par la chambre des mises en accusation. Le deuxième
article du *Précurseur de l'Ouest* est aujourd'hui déféré devant
vous, Messieurs les jurés, par voie de citation directe.

« Ces deux articles, nous aimons ici à le reconnaître, sont
étrangers à la polémique habituelle du *Précurseur*, à la modération, à la prudence de sa rédaction journalière.

« Un pourvoi devant la Cour de cassation a été formé par le
ministère public contre l'arrêt de non-lieu qui a écarté de la poursuite le premier article du *Précurseur*; je ne parlerai donc pas de
cet article. (Ce pourvoi n'a pas eu de suites.)

« Quant au deuxième article, Messieurs les jurés, il vient aujourd'hui devant vous par voie de citation directe. Le ministère public avait ce droit ; il en a usé et il va vous dire franchement pourquoi.

« Ce n'est pas un sentiment de défiance contre la justice préventive qui nous a guidé dans la marche que nous avons cru devoir faire suivre à la procédure dans cette circonstance ; loin de là, ce que nous avons voulu , dans l'intérêt de la défense comme dans celui de l'accusation, c'est que l'affaire puisse être jugée à la présente session ; ce qu'on a voulu, c'est de rapprocher le jugement de l'article incriminé, de la cause qui y avait donné lieu.

« Aucun autre motif , je l'affirme sur l'honneur , n'a dirigé la conduite du ministère.

« Deux responsabilités, Messieurs les jurés, vous sont référées ; celle du gérant du *Précurseur de l'Ouest ;* celle de l'auteur de l'article incriminé, qui en assume également toute la responsabilité.

« Je veux d'abord déblayer l'accusation de la poursuite contre le gérant du journal *le Précurseur.* »

Ici M. l'Avocat-Général revient sur l'appréciation qu'il a déjà faite de la modération , du calme de la rédaction du journal, et finit par abandonner l'accusation en ce qui concerne M. Maige, rédacteur en chef du *Précurseur.*

« C'est à l'auteur de l'article, à l'auteur sérieux que je m'attaque, continue M. l'Avocat-Général, et contre celui-là je réclame toute votre sévérité, Messieurs les jurés. »

A ce moment, un débat assez vif s'engage entre l'accusation et la défense, sur l'interprétation d'un sourire de M. Guitton, dans lequel M. l'Avocat – Général croit voir une offense personnelle. M. Guitton repousse par quelques explications dignes et énergiques la prétention de M. l'Avocat-Général. L'incident ainsi expliqué n'a pas d'autres suites.

« J'aborde maintenant la discussion , reprend M. l'Avocat-Général, et d'abord je vais lire froidement l'article incriminé , et je souhaite qu'on l'interprète de même. »

Ici M. l'Avocat-Général donne lecture de l'article déféré au jury.

L'article est signé P. M. et est reconnu par M. Pitre-Merlaud, qui en assume la responsabilité.

« Je n'ai rien à dire de la forme de cet article , mais ce que je veux signaler, Messieurs les jurés, c'est l'outrage et l'injure qu'on y déverse d'un bout à l'autre contre les hommes éminents auxquels on s'adresse. »

M. l'Avocat-Général donne lecture du passage de l'arrêt de renvoi de la Chambre de mises en accusation, auquel M. Merlaud a fait allusion dans son article, et demande, après cette lecture, lequel est le calomniateur du ministre ou de l'auteur de l'article incriminé.

« Voici, Messieurs les jurés, une première appréciation :

« Le journal a jeté des ferments de discorde dans la population ; mais il y a encore autre chose, Messieurs les jurés ; il existe une phrase que je relève dans l'article et que je signale à toute votre indignation. On a parlé de cruelle imprudence. Ah ! Messieurs, autant d'inexactitudes que de mots, et si l'on m'appelle sur ce terrain, je répondrai. Mais n'est-ce pas le comble de l'indignité, je vous le demande, que de dire qu'il y a eu imprudence et cruauté ?

« Il y a là des souvenirs qu'il faut laisser à l'écart ; j'ai relevé une parole imprudente ; si l'on me ramène sur ce terrain, je vous l'ai dit, je répondrai.

« Que peut gagner, je vous le demande, la société à ces attaques furibondes ? Chose étrange, il se trouve des hommes qui ne voudraient pas pour tout au monde qu'on contestât leur loyauté, et qui viennent sans pudeur contester la bonne foi et la loyauté de leurs adversaires !

Le journal a parlé de provocation du Ministre de la Guerre. Il est vrai qu'indigné du langage de la presse, le Ministre a traité de misérables folliculaires les auteurs de ces écrits ; mais deux journaux étaient incriminés, auxquels s'adressaient les paroles du Ministre ; M. Merlaud se les est appliquées, et nous croyons qu'il a bien fait.

M. l'Avocat Général examine de quel côté vient la provocation, et prétend que le langage du *Précurseur*, dans un précédent article, avait dû soulever toute l'indignation de M. d'Hautpoul. Puis après une assez longue dissertation sur le fonctionnaire qui n'a pas été nommé, et sur lequel on voudrait faire retomber la responsabilité de l'horrible catastrophe de la Basse-Chaîne, — M. l'Avocat-Général termine ainsi : « En admettant que vous ayez raison, ce que je vous reproche, c'est l'excitation à la haine et au mépris du Gouvernement qui ressort de la violence de votre écrit. »

M. l'Avocat-Général se demande ensuite à qui on a contesté la bonne foi et la loyauté ; c'est aux hommes éminents qui sont à la tête des affaires du pays, à ces hommes sortis du sein populaire par le travail, qui peuvent se tromper, sans doute, mais auxquels il faudrait pardonner, car ils sont le fruit du suffrage universel.

« C'est un pareil ministère qu'on appelle ministère de camarilla. »

'M. l'Avocat-Général, recherchant l'étymologie et les applications du mot camarilla, prétend que ce mot n'a plus de sens aujourd'hui, et qu'il ne peut plus y avoir en France de ministère de camarilla?

« Laissons tout cela, Messieurs, et au lieu d'attaquer le Gouvernement et le Pouvoir, ne serait-il pas plus salutaire, croyez-moi, de dire aux populations, que l'homme peut obtenir par le travail les plus belles destinées.

« Il existe, Messieurs les jurés, un fait bien singulier, c'est que la presse marche chaque jour de plus en plus dans les voies d'outrages et d'injures qui compromettent sa dignité. C'est à la multiplicité des organes de la presse qu'il faut attribuer ces déplorables tendances, et à l'incapacité de ces écrivains qui, à l'aide de petites images, sollicitent les faveurs du vulgaire.

« Lorsque la presse a été parfaitement libre, c'est alors qu'on a eu les écarts les plus affligeants pour porter atteinte à sa considération. Nous n'en voulons pour exemple que les noms hideusement honteux dont se sont affublés certains journaux après la révolution de février 1848.

« Nous sommes dans le temps des ambitions honnêtes auxquelles il faut tendre la main. Mais il en est d'autres, Messieurs les jurés, qui veulent parvenir à tout prix, même par la déplorable célébrité que l'on obtient sur ces bancs, en paraissant devant vous. »

« M. l'Avocat-Général examine ici et déplore l'abus qu'on a fait à l'avénement de la République du nom de condamné politique, qu'il suffisait de prononcer pour voir s'ouvrir les places et les carrières, alors que ceux qui avaient été frappés par la loi n'avaient aucun autre titre à ces distinctions.

« Les partis sérieux, dit M. l'Avocat-Général, doivent être les premiers à combattre les penchants que je vous signale. Les partis sérieux sont ceux qui, par leur puissance, peuvent tendre au pouvoir.

« A ces partis, je dirai que l'autorité morale est la seule âme des Gouvernements, qu'il ne faut pas l'amoindrir et la jeter en pâture au mépris et à la haine populaire.

« Au lendemain de la révolution, le Pouvoir est arrivé aux mains des hommes qui depuis longtemps faisaient de l'opposition. Où sont-ils ces hommes? ils ont disparu. Est-ce le caprice des hommes qui les a emportés? non, la raison dominante, c'est qu'ils sont tombés parce qu'ils n'avaient rien respecté.

« Je m'adresse à ceux que je combats aujourd'hui ; il faut, si l'on arrive au Pouvoir, s'attendre à rencontrer des adversaires ; mais si on a attaqué loyalement, on trouvera des adversaires loyaux. Sauvons, Messieurs, de la révolution ce qu'il y a de bon, et rejetons avec mépris ce qu'il y a de sanglant et de vicieux. »

M. l'Avocat-Général examine ce que devrait faire la presse dans les situations difficiles que nous traversons. « Les libertés grandes ne se fondent qu'avec des pouvoirs sérieux, » a dit un homme qui a tenu une grande position dans la révolution qui vient de s'accomplir.

« Voici, Messieurs, ajoute en finissant, M. l'Avocat-Général, l'apparence complète de l'article qui vous est déféré, je n'ai rien voulu y adjoindre.

« Quelle issue aura ce procès, je n'en sais rien. Deux articles poursuivis ont déjà été acquittés, et, je l'avoue sincèrement, ils me paraissaient plus punissables que celui qui vous est soumis: Je suis un soldat auquel on a confié un poste et qui doit y rester sans savoir s'il sera vainqueur.

« Vous acquitterez, Messieurs les jurés, si vous le jugez ainsi : Dieu veuille que le pays trouve son salut dans des décisions semblables, et en cela je crois être meilleur défenseur de mon pays que ceux qui vont parler après moi. »

M. le Président : La parole est au défenseur des prévenus.

Mᵉ Guitton : « Messieurs les jurés : M. l'Avocat-Général n'a traité devant vous la question du procès qui vous est soumis qu'au point de vue général, peu propre à vous convaincre. — A travers les considérations qu'il a invoquées s'est perdu, je crois, l'unique objet de sa discussion.

« Et encore, en dernier lieu, saisi par le découragement, a-t-il fait l'oraison funèbre de son réquisitoire. C'était avec raison, Messieurs, car, sur trois procès de presse venus à cette session, vous en avez acquitté deux. M. l'Avocat-Général peut bien désespérer du troisième. C'est le cas de répéter :

« Il faut bien qu'on désespère alors qu'on espère toujours. »

« Vous connaissez les faits qui ont motivé la saisie du *Précurseur de l'Ouest.* Cependant vous ne le savez pas encore avec netteté de précision. Je ne reviendrai pas sur les détails de la chute du pont de la Basse-Chaîne, le procès du *Démocrate* a amplement fourni matière à ce récit : vous en donner une seconde édition me paraîtrait odieux. Mais je vous dirai, Messieurs, ce qui autorisait M. Merlaud à écrire comme il l'a fait.

« M. Merlaud est directeur-propriétaire du *Précurseur de l'Ouest.* A ce titre il publie des articles qu'il signe toujours, en acceptant ainsi la responsabilité.

« Dans ce jour de deuil et de douleur que vous savez, Messieurs, M. Merlaud prit la plume, et lui, qui n'a besoin de rien, est pur de ces sentiments d'ambition dont parlait tout à l'heure M. l'Avocat-Général. Et à ce propos je ferai remarquer à l'organe du ministère public que, parlant d'ambitieux ardents, il a eu tort de se tourner de ce côté : nous ne désirons pas de places, nous n'en sollicitons pas, je pourrais presque dire nous n'en voulons pas ; nous n'avons qu'un but : le bonheur de notre pays. C'est là le seul sentiment qui vibre au cœur de mes clients, mes amis, avec lesquels je m'honore d'être lié par la solidarité démocratique.

« C'est donc, Messieurs, au milieu de ces événements que M. Merlaud prit la plume, qu'il demanda quel était l'agent de haute ou basse police coupable de cette déplorable imprudence. — Il demandait une enquête, le *Démocrate* demandait une enquête. Et il n'y avait, sans doute, pas grand crime à cela ; car le rédacteur en chef du *Précurseur*, M. Maige, dont M. l'Avocat-Général louait, il n'y a qu'un instant, la modération habituelle, a adressé cette question à l'autorité dans plusieurs numéros successifs : une enquête ! une enquête ! Le numéro saisi du 17 ne demandait rien de plus.

« J'ai dit dans un autre procès, Messieurs, que c'était une tâche périlleuse dont de courageux citoyens pouvaient seuls se charger ; l'événement l'a prouvé, puisque cette demande d'enquête a conduit deux journaux sur ces bancs.

« Cette tâche a été épuisée, non-seulement par M. Merlaud, mais par les efforts de toute la presse angevine. Et votre verdict dans le procès du *Démocrate* nous met suffisamment à couvert.

« Nous ne fûmes pas les seuls, encore une fois, à penser ainsi. La chambre des mises en accusation a répondu par une déclaration de non-lieu aux premières poursuites dirigées contre nous par le ministère public.

« Il vous plaît, M. l'Avocat-Général, de substituer votre blâme à cette déclaration ! Mais, je vous le dis, votre blâme est impuissant ; il tombe aux pieds, inerte et sans vie, laissant tout entier l'arrêt de la chambre des mises en accusation.

« Plus tard, Messieurs, il arriva que, je ne sais par quel égarement, M. d'Hautpoul, Ministre de la guerre , laissa tomber de la tribune nationale une insulte grossière à l'adresse des journaux républicains de la localité. Il se prit à les appeler de misérables folliculaires !

« Jamais injure n'eut une pareille intensité. Les cent voix de la presse la répétèrent, s'en indignant quand ils étaient loyaux et sincères , la citant avec plaisir quand ils appartenaient au parti réactionnaire.

« Sans doute, il est évangélique, quand on a été frappé sur une joue, de tendre l'autre et de dire! Frappez plus fort. Mais l'Évangile, Messieurs, n'est malheureusement pas pratiqué dans tous ses commandements, et l'homme frappé a coutume d'user de représailles. — Eh bien ! je ne connais pas de position, quelque élevée qu'elle soit , qui mette à l'abri de semblables représailles. — En vérité il eût fallu être avili, plus qu'humble pour se courber sous l'outrage officiel. Il n'était que juste, et tout le monde l'a pensé ainsi, de se relever et de renvoyer l'insulte à qui la méritait.

« C'est ce qu'a fait M. Merlaud, c'est ce qu'a fait le *Précurseur,* c'est ce qu'a fait le *Démocrate*. Et immédiatement on saisit le *Précurseur*. Cette fois on passe sans s'arrêter devant la chambre des mises en accusation, la porte nous en est fermée : — M. l'Avocat-Général vous a expliqué comment, la saisie ayant été opérée à quelques jours seulement de la session, il n'avait pu suivre la voie de la juridiction ordinaire. — C'est là une erreur, la session devant durer vingt et un jours, on avait tout le temps de consulter la chambre des mises en accusation. — Mais c'est dans votre intérêt, nous dit le ministère public. Grand merci, en vérité, nous ne l'avions pas cru. Ce que nous avons cru, c'est que la chambre ferait comme la première fois ; ce que nous avons cru, c'est que vous redoutiez cet arrêt. Nous regrettons de n'avoir pas su plus tôt tout l'intérêt que vous nous portiez : nous vous devons de la reconnaissance, et certainement nous n'aurions pas manqué à vous l'exprimer.

« Voyons maintenant s'il y a de quoi faire condamner M. Merlaud. D'abord, M. le l'Avocat-Général blâme beaucoup mon client d'avoir répondu à M. d'Hautpoul en termes vifs et peu mesurés. — Mais, permettez-moi une observation. Si l'injure ne sied à personne, — elle sied encore moins à un individu comme le Ministre, revêtu d'un caractère officiel. — Et s'il est écrit dans le cœur humain qu'un homme frappé a le droit de se défendre, je crois que celui qui se voit signalé par le Ministre du haut de la tribune nationale a le droit de répondre.

« Examinez, Messieurs, combien la position est favorable pour l'un des adversaires : d'un côté, il y a un homme secondé par cette manière de prestige qui entoure encore les hommes du gouvernement, secondé par la presse bien pensante, secondé par ses fonctionnaires, secondé par le *Moniteur* dont la voix, je ne sais trop pourquoi, fait autorité dans le pays. — De l'autre, il y a un simple citoyen, qui n'est appuyé que sur sa loyauté, qui n'a de force que son courage, et vous blâmeriez, non pas le premier mais celui qui est sorti de son obscurité pour protester de sa bonne foi contre les attaques injustes et outrageantes du Ministre !

« Non, non. Si on éprouve un sentiment de sympathie pour quelqu'un, c'est pour le simple citoyen. Il n'est pas un homme de cœur qui ne pense ainsi.

« Ah ! je le sais, il n'y a pas de faveur à espérer quand on proteste ; on n'obtient pas les sourires du pouvoir, mais on a pour soi une conscience satisfaite et l'assurance d'avoir rempli son devoir. Et M. Merlaud, qui, comme je vous le disais, estime mieux le repos de la conscience que les croix et les honneurs, a répondu à M. d'Hautpoul ce que méritait son insulte, il a répondu ce qu'il avait le droit de lui dire : Vous êtes un calomniateur, vous avez abusé de votre position vis-à-vis de nous.

« En abordant ce débat, je croyais, Messieurs, me trouver en face d'une de ces accusations suggérées par les coutumes du bon temps d'autrefois. Je me disais : M. d'Hautpoul, en puissant seigneur qu'il est, a-t-il porté plainte pour que punition sévère soit administrée à ce vilain qui s'est permis de relever ses paroles injurieuses ? Je me croyais en ce temps où les seigneurs féodaux faisaient battre par leurs valets les manants qui critiquaient leurs actes. Je me croyais en ce temps où Beaumarchais, l'une des gloires de notre littérature, était roué de coups de bâton et laissé pour mort dans le ruisseau, pour avoir plaisanté les ridicules d'un homme riche. Je me trompais. Ce temps-là n'est plus. Il n'est pas d'homme aujourd'hui qui ne se trouve l'égal de son voisin. Qu'on soit noble ou roturier, homme de cité ou homme des champs, on a aujourd'hui, et nous nous félicitons de cette conquête, le droit d'user de représailles.

« C'est ce que le ministère public a compris sans doute. — Qu'a-t-on fait alors ? On a poursuivi M. Merlaud et M. Maige pour le fait d'excitation à la haine et au mépris du Gouvernement, l'accusation la plus vague qu'on puisse fournir contre un prévenu.

« Notre législation relative à ce délit commence à la loi de mars

1822, mais cette loi même n'a pas confondu ces deux choses : l'excitation à la haine du Gouvernement et la discussion des actes des fonctionnaires. Le droit a été réservé tout entier. On peut critiquer librement les actes du pouvoir exécutif. — Il résulte de cette jurisprudence que sous un régime de liberté, comme celui sous lequel nous avons le bonheur de vivre, il n'est pas un acte du gouvernement qui ne tombe naturellement sous l'appréciation de la presse.

« Et voyez donc, Messieurs, comme la ligne est difficile à tracer : on peut, en faisant usage d'un droit, livrer le ministère à la haine des citoyens... Et l'accusation pourrait-elle me dire quand ce délit, l'excitation, sera assez caractérisé pour être punissable ?

« Messieurs, à l'époque où le ministère Polignac arriva aux affaires, se formait l'Association bretonne, dans laquelle entrait toute l'opposition libérale d'alors. Deux journaux, faisant partie de cette association : le *Journal du Commerce*, de Paris, et l'*Indicateur*, de Bordeaux, furent saisis pour des articles dans lesquels on avait développé cette pensée : que nos institutions constitutionnelles étaient menacées, que le ministère violant la charte avait l'intention de gouverner par simples ordonnances. La magistrature, à laquelle fut soumise l'appréciation de ces délits, déclara que c'était une excitation coupable d'incriminer les intentions des Ministres, alors que rien dans leurs actes ne pouvait faire supposer une pensée criminelle. — Sans doute, la magistrature faisait beaucoup d'honneur à M. de Polignac et à ses acolytes ; les événements n'ont que trop prouvé que l'Association bretonne avait bien raison de se mettre en garde. Mais ces arrêts furent solennellement rendus. »

Me Guitton lit l'arrêt du Tribunal de Bordeaux.

« Et, Messieurs, poursuit le défenseur, ce n'est pas le jury alors qui était appelé à prononcer sur les délits de presse, c'était la police correctionnelle. — Iriez-vous plus loin que ces tribunaux ? Je ne le suppose pas.

« Maintenant que la ligne légale est tracée, ce que le ministère public avait oublié de faire, il n'y avait pas songé ! voyons l'article incriminé ; je lis ceci : « S'il reste, dans la circonstance, un « misérable folliculaire, c'est M. d'Hautpoul, répandant du haut « de la tribune, et sans contradicteur possible, par les cent échos « de la presse qui enregistraient ses paroles, une misérable im- « putation contre d'obscurs, mais loyaux adversaires de sa poli- « tique. »

« L'écrivain continue, s'adressant toujours à M. d'Hautpoul : « Il

« est beau d'être le Pouvoir, dans un grand pays comme la
« France ; mais que reste-t-il de ce titre, si on en retranche la
« loyauté, la justice et l'indépendance ? » Je le répète aussi,
M. Merlaud n'avait-il pas le droit de le dire : Vous me traitez de
misérable folliculaire, c'est une insulte que je vous renvoie ; l'expression, vos actes le prouvent, vous va mieux à vous qu'à moi.
Et vous représentez le Pouvoir ! Qu'en restera-t-il si vous en
retranchez l'équité et l'indépendance ?

« Au fond, dit-il, qu'a voulu le chef du ministère de camarilla ? » — Ici le ministère public s'est appesanti sur ce mot
camarilla. M. l'Avocat-Général a voulu donner une leçon de
langue française à M. Merlaud, leçon dont il n'a pas besoin. La
plume de M. Merlaud est élégante et châtiée, son style est correct
et respire l'étude profonde de notre meilleure littérature. M. l'Avocat-Général pourrait l'envier.

M. l'Avocat-Général : Je ne l'envie ni ne le méprise.

Me Guitton : Vous ne l'enviez pas. Je le regrette pour vous, et
je répète que M. Merlaud n'est point de ceux auxquels on peut
lonner, quelque habile qu'on soit, des leçons de français. « Le
mot camarilla nous vient de l'Espagne ; on appelle ainsi, dans ce
pays, une espèce de coalition, composée de la domesticité du
palais, les courtisans et les directeurs de conscience. C'est à
l'influence de cette domesticité qu'on doit les plus mauvais actes
des monarchies. Ces gens qui sont payés pour tromper le Roi lui
font prendre toute espèce de mesures contraires aux droits et
aux intérêts du peuple. — Croyez-vous que cette déplorable influence ne se retrouve pas aujourd'hui en France ?... Pour moi,
je ne connais pas d'expression plus propre à désigner le ministère préposé en ce moment à la direction des affaires de notre
pays. — Je ne veux pas pousser plus loin cette digression : si je
voulais remonter à la création de ce ministère, refaire l'histoire
politique de M. d'Hautpoul, j'éclairerais suffisamment la pensée
de l'article. Mais ce n'est qu'une question littéraire à laquelle je
ne dois pas donner d'aussi considérables proportions.

« M. Merlaud dit encore, parlant du Ministre : « Il a prouvé
« une fois de plus combien la véritable notion du pouvoir, force
« supérieure, impartiale et distributive, était loin de lui. Sa main
« épargne les agents coupables d'une cruelle imprudence, les
« relève peut-être et les encourage ; c'est nous seuls qu'elle
« cherche à atteindre. »

« Comment, vous ne permettez pas qu'on dise au ministère :
Vous ne surveillez pas vos agents qui ont commis une impru-

dence, et vous frappez, et vous stigmatisez les voix indépendantes !

« Il est un paragraphe dans cet article dont le ministère public n'a pas parlé, ou plutôt qu'il a à peine effleuré, et que je veux vous lire ; le voici : « Il nous menace ; inaccessible dans notre « droit, sûr de la justice du pays, nous le bravons et le défions ; « il n'y a pas grand courage à cela.

« Il nous insulte, mais les alliés du ministère, ses organes, « même les plus intimes, dans la presse que nous combattons, « insultent chaque jour, et dans le silence des premiers parquets, « la Constitution, la République dont elle a le titre et la forme ; « l'assemblée des représentants, la paix publique qui ne vit que « sous la garde des institutions. Heureux nous sommes de par- « tager de pareilles disgrâces. » — Est-ce qu'il y a là une censure coupable ? M. Merlaud se plaint d'être insulté et il ajoute : « Mais au moins je le suis en bonne compagnie, l'insulte ne m'est « pas personnelle, c'est ce que la presse modérée adresse chaque « jour à nos institutions et à nos conquêtes les plus précieuses. » Il continue : « Le cabinet de casse-cous dans lequel un nom nous « afflige, dont M. d'Hautpoul est une personnification significa- « tive, donne à la France le plus alarmant des spectacles, celui « d'hommes sans foi politique, d'esprits faux, étroits, téméraires, « usurpant le titre de l'autorité. »

« La première phrase de ce paragraphe s'explique ainsi, Messieurs : M. Merlaud désigne le Ministre des travaux publics, qui a de nombreuses relations dans notre département, dont il est l'un des élus, et qui en a eu de suivies, d'intimes avec les fondateurs du *Précurseur*. M. Merlaud exprime le sentiment d'affliction qu'il éprouve de voir cet homme ainsi compromis, ce qui ne l'empêche pas de faire son devoir de citoyen en flétrissant les actes du ministère dont il fait partie.

« Les hommes du gouvernement, a-t-il dit encore, ont des « esprits faux. » Mais, Messieurs, c'est là un défaut de la nature, et je ne crois pas que vous puissiez regarder comme une violation des lois que vous connaissez, cette appréciation de nos hommes d'État. — Nous croyons que ces hommes voient les choses de travers, nous ne pouvons pas critiquer leurs actes en termes plus parlementaires. Voudriez-vous nous voir attribuer leur conduite à une raison saine, à une intelligence droite ?... Mais alors ce serait proclamer leur trahison !

« Nous avons dit que c'étaient des esprits étroits. — En vérité, je ne puis pas dire que ce sont des esprits vastes. Rien ne peut

m'autoriser à affirmer cela. Du reste, c'est mon opinion personnelle que j'exprime. Nous avons dit qu'ils étaient téméraires,
mais.je ne crois pas qu'ils soient prudents. Et si je faisais rapide-
ment une revue rétrospective, si je prenais les élections du
10 mars, du 28 avril, M. Carlier. ses provocations incessantes depuis la destruction des arbres de la liberté, en passant par la pro-
fanation des tombes des martyrs de cette liberté jusqu'aux
entraves apportées à la vente des journaux d'une certaine couleur, n'aurais-je pas le droit de dire aux hommes du ministère :
Oui, oui, vous êtes des esprits faux, étroits, téméraires !

« M. Merlaud a déclaré hautement qu'ils n'avaient pas non
plus de foi politique ! Eh ! Messieurs, je prends le plus célèbre :
M. Baroche ! ne savez-vous pas que de radical qu'il était, il est
devenu réactionnaire effréné ; ignorez-vous la célébrité que la
presse lui a faite en racontant ses transformations, ses apostasies ?
— M. d'Hautpoul, mon Dieu ! sa campagne du pont de la Drôme
est présente à tous les esprits. Est-ce avoir de la foi politique que
de servir la République après avoir été aide de camp du duc
d'Angoulême ?

« Messieurs, l'article de M. Merlaud est un acte de civisme. Il
n'y a qu'un homme de courage qui puisse écrire et signer de
telles pensées.

« Le gérant du *Précurseur*, qui connaît ses devoirs, ne l'eût
certes pas inséré s'il ne l'avait jugé ainsi.

« Le ministère public a conclu comme moi à l'acquittement
de M. Maige. Je n'ai plus rien à ajouter ; permettez-moi cependant de vous citer quelques lignes, non poursuivies d'un article
produit par un journal de l'ordre qui se publie dans le midi :

« Il faudrait pourtant en finir avec ce cauchemar du socialisme,
« et, pour, en finir, nous ne savons qu'un moyen , faire passer de
« la vie à trépas tous les chefs de cet infâme parti.

« La société devrait avoir le courage de se sauver. Quand une
« vipère vous menace, on l'écrase, pour ne pas être tué. Le bon
« sens l'indique.

« La transportation à trois mille lieues de France, ou un
« moyen encore plus efficace. »

« Les parquets demeurent calmes en présence de ces excita-
tions ! Vraiment, Messieurs, vous ne sauriez nous condamner,
nous qui nous débattons dans cette enceinte où nous sommes le
faible, par notre position, et qui n'avons eu qu'un espoir et qu'un
but, celui de prouver notre loyauté.

« Je ne saurais trop le répéter : la justice doit être égale pour

tons. Je n'ai pas à protéger autrement mes clients. — M. Merlaud n'est point un étranger pour vous; c'est un de nos plus
honorables concitoyens, dont chacun estime la haute probité et
respecte le caractère. — Personne ne l'a abordé sans connaître
sa bonté de cœur.

« Ce n'est pas, Messieurs, un homme comme lui qu'on con-
damne. »

M. Merlaud demande la parole et s'exprime en ces termes :

« Messieurs les jurés, l'éloquente parole de M. Guitton, dont
l'impression reste gravée dans vos consciences, ne laissait pas
place à la discussion pour l'organe du ministère public. M. l'Avocat-Général l'a relevée avec insistance et habileté. Je dois lui
répondre. Auteur des paragraphes incriminés, je me dois, je vous
dois, Messieurs, une explication personnelle sur la pensée de
ces articles, une entière justification des vues qui les ont dictés.

« Mon défenseur vous l'a déclaré en mon nom, Messieurs·
M. Maige, rédacteur en chef du journal, assis près de moi devant
vous, leur est entièrement étranger. A moi seul toute la responsabilité morale et, ainsi, légale. Je suis l'un des directeurs et propriétaires du *Précurseur*. M. Maige veut bien m'accorder cette
déférence d'insérer sans observation, sans lecture, les articles que
je lui présente : presque toujours je les remets directement au
compositeur.

« Je ne puis croire qu'à aucun degré ils se prêtent à l'apparence de l'excitation à la haine et au mépris du gouvernement
de la République. Son renversement que je poursuivrais, impli-
que une révolution nouvelle. Or, j'ai les convictions de la République. Je redoute pour la France l'inconnu des révolutions.

« Le *Précurseur*, Messieurs les jurés, n'a pas été fondé dans
l'esprit et les perspectives de la République ; il n'a pas fait, il n'a
pas appelé cette révolution. Il l'a loyalement acceptée. La république démocratique, que la constitution proclame, est une
théorie élevée, conforme à l'esprit et aux origines, à la civilisation et aux victoires populaires de la nation. Le pays est avide de
repos et de liberté; il aspire à se rasseoir; il ne veut plus de révolution. Il a accepté celle de Février comme leur couronnement
et leur terme. La France ne veut pas être sans cesse une armée
et un champ de batailles pour toutes les idées, toutes les ambitions ; elle ne veut pas de guerre éternelle. Le pays est une immense et active famille qui a besoin de travail pour vivre et
grandir, de libertés dignes de ses lumières, de lois de justice
conformes à la généreuse et sympathique nature de la nation. Le

pays est prêt pour l'ordre, pour la prospérité, pour la république. Il lui manque des hommes de pouvoir.

« Les gouvernements de génie sont rares. Chaque pays n'en voit qu'à de longs intervalles. Puissent-ils éclore au milieu de nous ! Les matériaux de leur édifice se rangeraient sans peine sous leur main ; ils fonderaient la paix publique, le salut commun, la constitution, l'avenir. Un gouvernement supérieur, entrant dans le vif des questions sociales qui se retournent depuis vingt ans dans les entrailles profondes du pays, comme le germe de l'anarchie ou le ferment d'un nouveau monde, en trouverait le nœud et la solution ; il l'imposerait à tous les partis, plus disposés à la transaction et aux sacrifices qu'on ne le pense ; il réconcilierait tous les intérêts, asseoirait la paix, l'union, la confiance, le travail, la prospérité, la grandeur de la nation, sur la grandeur de la République démocratique. Émule de celle des États-Unis, appuyée sur le même principe, également tranquille et féconde, la République française serait le modèle et l'envie des peuples et des gouvernements de l'Europe.

« Le pays est prêt ; l'intelligence de sa politique, de ses intérêts, des affaires, des hommes, du pays même, manque aux gouvernants. La France ne peut exiger d'eux les dons du génie : le génie est un privilége réparti à de rares élus. Mais le respect et le zèle des institutions, la foi nationale, la prudence, la justesse, la bonne volonté sont des facultés simples et vulgaires elles sont la loi de vie des nations ; tout pouvoir les doit à son peuple. Le ministère d'Hautpoul manque, selon nous, à ces conditions. Téméraire, remuant, mal habile, il ébranle les institutions, inquiète les esprits, éloigne les affaires, compromet tout, loin de tout sauver. Pour qui l'étudie dans ses vues confuses et son impuissance, il est comme un de ces orages prêts à éclater, inconnus d'eux-mêmes, un de ces dangereux systèmes, précurseurs des révolutions. Une révolution nouvelle serait aujourd'hui la ruine de la France. Elle ne réchapperait pas de l'effervescence et de l'indiscipline déchaînées, de la terreur et de la mêlée universelles, de l'expansion fougueuse et irrésistible des masses populaires chargées de colères et de souffrances que mettrait en jeu une révolution. Le pouvoir serait englouti. Les immenses forces irrégulières et impérieuses, entrées en mouvement, submergeraient toute force sociale. Dieu garde la France de ces grandes journées dont nous avons assez été témoins, heures convulsives comme des siècles. La France, si robuste qu'elle soit, et si aguerrie à ces paroxismes, n'en supporterait pas une seconde épreuve. »

M. Merlaud pose que son article du 27 comme celui du 17, introduit par la partie publique (il s'en félicite) dans la discussion, ne s'écartent ni de la vérité dans l'appréciation des faits, ni de son droit constitutionnel, ni de la justice dans ses attaques contre M. d'Hautpoul et le ministère. Il dit :

« Vous connaissez, Messieurs, les précédents de l'affaire qui m'amène devant vous. La catastrophe du 16 avril est son origine. Le désastre, vous le savez, a été affreux, complet, inouï. Les quais paisibles d'Angers ont été témoins d'un naufrage tel que n'en voient presque jamais les côtes des mers les plus orageuses. Le bris d'une flotte sur un écueil a souvent fait moins de victimes. Près de trois cents hommes d'élite, officiers et soldats, ont péri.

« Cet immense malheur était imprévu. Il a été une douleur pour tout le monde, pour la population, pour l'autorité.

« Mais ce malheur avait une cause, le passage sur le pont suspendu. Ce passage venait d'être prescrit à la troupe, près de son arrivée en ville, par un ordre spécial de la place. L'ordre existe ; il a été constaté par un rapport semi-officiel, inséré dans un journal ministériel, la *Patrie*. Le *Moniteur de l'armée* l'a confirmé quelques jours après, en le motivant d'une manière étrange.

« Pourquoi cet ordre spécial, cause imprévoyante de tout le mal ? Pourquoi ce passage d'un corps en voyage sur un pont fragile, sur une de ces voies si suspectes, par leur système même, qu'il est interdit de trotter dessus aux voitures les plus légères, à un cavalier ? Pourquoi ce passage, en présence du pont de pierre, entrée directe de la ville ?

« Les faits dénonçaient, selon nous, une faute évidente. La fatalité l'avait condamnée, l'avait aggravée, jusqu'aux proportions d'un malheur national.

« Nos Codes prescrivent une instruction près de tout cadavre, relevé d'une mort violente. Qu'était-ce en présence de cet ossuaire ? Le *Précurseur* prit, par ma main, l'initiative d'une demande d'enquête. — L'autorité fut accusée d'imprudence et d'imprévoyance. C'était notre droit et notre devoir.

« Les intentions sauves, ce n'était pas moi seulement qui dénonçais une lourde faute administrative ; c'est le plan de la ville qui indiquait et commandait au détachement de Laval le passage du pont Beaurepaire ; ce sont les arches inébranlables de ce pont, reconstruit hier, comme à dessein, qui appelaient le tambour et les pas affermis de l'infortuné bataillon ; c'était enfin la voix publique, l'intérêt dû à la mémoire de tant de victimes. Se taire sur les causes du désastre, eût été, pour le *Précurseur*, une lâcheté et une désertion.

« Ma voix a parlé pour ces bouches muettes fermées par les flots, pour le drapeau veuf de ses enfants, pour près de trois cents familles absentes, aujourd'hui dans le saisissement et la douleur. Quiconque frère, ami, citoyen, comprend que j'ai rempli un devoir public, un devoir de courage peut-être. Du moins, il m'a valu, en dix jours, deux tentatives de procès d'assises.

« Ces poursuites, nous les regrettons; elles sont une erreur de la justice. Mais les inimitiés mêmes ne nous troublent point. La presse, dont on a dit autrefois qu'elle est un pouvoir de l'État, n'a d'efficacité tutélaire, pour les institutions et les citoyens, qu'aux risques et périls des hommes qui se dévouent à son exercice. Elle n'est un frein pour le pouvoir, une peine infligée à ses fautes, que sous ces conditions de fermeté et d'indépendance. Maintenir ces droits, mesurer sa force à l'occasion et à la justice, suivre en toutes choses la lumière de la conscience et la ligne de la vérité, c'est son devoir, c'est le nôtre. Nous ne cesserons pas d'y être fidèle.

« Nous n'y avons pas failli, dans cette occasion. La conscience publique parlait avec nous. Nous en avons une haute garantie. De nos deux articles poursuivis sur le désastre du 16 avril, celui du 17, d'une plus grave portée et plus véhément, a reçu l'arrêt de la justice : il a disparu de la poursuite. Une juridiction élevée et sévère, la chambre d'accusation de la Cour d'appel, l'a déclaré non coupable. Les membres de la Cour, témoins comme nous de la catastrophe, ont montré que l'esprit d'indépendance, l'esprit de cité, ou plutôt l'esprit de la magistrature, vivait et régnait sur leur siége. Bonne journée pour nous, et belle pour la Cour ! L'administration a compris que la chambre d'accusation, réalisant un mot glorieux, rend des arrêts et non des services.

« C'est cet article même, Messieurs les jurés, reconnu non coupable qui, travesti et calomnié par un ministre en pleine tribune, nous a valu, dans la bouche de M. d'Hautpoul, un grossier et sanglant outrage. Jamais ministre d'une monarchie n'avait manqué à sa propre dignité, à celle de l'Assemblée, à l'institution de la presse, à un citoyen, au même degré que ce ministre de rencontre de la République.

« M. Guitton a développé devant vous, et votre raison répond à la sienne, les droits positifs et légaux, presque sans limite, qui naissaient pour moi d'une pareille insulte. Dans la vie privée, le citoyen qu'elle viendrait atteindre serait tenu par un devoir, un préjugé, si l'on veut, digne de nos respects, et qui porte le nom d'honneur, d'en demander justice à son adversaire. Il le frapperait; il comparaîtrait devant vous, son sang sur les mains, vous l'absoudriez. Les jurys n'ont jamais failli à cette forte jurisprudence, digne du courage et de l'élévation de mœurs du pays. Et l'on vient m'accuser pour quelques paroles !

« Le talion était jadis la loi divine en quelque sorte : le livre hébraïque le consacrait. Adouci, réglé, éclairé, il reste encore l'esprit de nos codes. Le code pénal excuse le meurtre même, s'il est provoqué par coups et blessures. Il connaît la nature humaine : il renvoie la faute et ses suites au provocateur.

« Étrange logique, remarquons-le en passant, que celle de la poursuite dont je suis l'objet. Le fait dépasse la pensée du parquet, nous en sommes convaincu. En présence de l'injure du ministre, la doctrine de la citation pose au citoyen cette alternative; le silence, ou la Cour d'assises. Sommes-nous donc en France ou à Saint-Pétersbourg? Les citoyens doivent-ils se courber sans murmure sous le knout des hommes du pouvoir?

« Nous vivons sous le régime de la République; son principe est la liberté et l'égalité; or, la Charte même octroyée, la Charte légitime de 1814, posait cette maxime : tous les Français sont égaux devant la loi, quels que soient d'ailleurs leurs titres et leur rang.

« Ce n'est pas moi seul, ma liberté seule, vous le voyez, qui est en cause dans cette affaire; un principe, une liberté publique figurent avec moi sur ce banc. La lutte s'engage entre l'égalité des citoyens devant la loi, et l'omnipotence, l'inviolabité des Ministres. Objet d'une injure, je l'ai relevée : je suis traduit devant la Cour d'assises. Je cherche, près de moi, sur ce banc, le premier et grave offenseur; je ne le trouve point; je suis seul.

« Le ministre avait commis l'outrage au nom du pouvoir; ma réplique a dû s'adresser à M. d'Hautpoul et au ministère au nom duquel il avait parlé. J'exerçais en même temps mon droit naturel d'offensé et un droit constitutionnel. Mes plus vives paroles, mes appréciations les plus sévères, ne se fussent-elles pas trempées au ressentiment et à l'émotion d'une provocation irritante, n'ont pas dépassé les limites de ce droit constitutionnel. Mon défenseur a tout dit à ce sujet avec cette précision de formes et cet éclat de dialectique qui l'ont accoutumé, dans cette session, à de beaux triomphes. Mes paroles ont-elles dépassé les limites de la justice ? Jugez, Messieurs, le ministère, non par mes discours : par ses actes. Faisons-en une revue rapide.

« Les principes et la politique du pouvoir se manifestent par ses lois, ses alliances intérieures, ses règles d'administration. »

Ici l'accusé, devenu accusateur, vérifie les actes ou projets de législation du ministère ; son alliance armée, au prix de quarante millions, et du sang de deux mille soldats, avec le cardinalat de Rome et son gouvernement de moyen âge ; la présidence qu'exercent sur lui les chefs de la coalition des anciens partis royalistes, l'anarchique administration qui en résulte. Il continue :

« Ce n'est pas tout ; la République et la paix publique ont pour sauvegarde la Constitution. Chaque jour la presse ministérielle lui jette l'outrage et la bat en brèche. Un de ses journaux, lu par l'honorable M. Guitton, dans l'une de vos audiences précédentes, ameutait hautement contre elle le canon de l'armée et le fusil des citoyens. Quand ces provocations systématiques ont lieu à Paris, siége du pouvoir, sous ses yeux et, pour ainsi dire, sous sa main, partent de celle de ses amis, j'en appelle à la raison publique, le ministère qui ne les réprime pas se les assimile en quelque sorte : il les contresigne. La licence, certes, est un grand danger partout où elle règne ; mais quand elle siège au sein du pouvoir, que dire des périls de la société ? Et c'est au nom de la loyauté de ce ministère qu'on nous inculpe, pour quelques paroles, d'excitation à la haine et au mépris de la République ! »

M. Pitre-Merlaud termine en ces termes :

« Non, Messieurs, n'en croyez pas l'accusation ; je ne veux ni désordres, ni renversements, ni révolutions. Je n'y ai aucun goût, aucun intérêt. Leur fréquence constate à mes yeux des forces considérables en souffrance, qui sont une menace permanente pour l'état social, dont elles devraient être la vie, la richesse.

« J'ai longtemps espéré le retour à l'ordre, de la monarchie. Pendant vingt ans j'ai voté pour elle, pour ses théories constitutionnelles. Quel fruit ont-elles produit ? J'ai vu le pays légal et le Roi se disputer la souveraineté ; le peuple écarté et souffrant, intervenu deux fois dans leur lutte, poser son principe oublié et le substituer à la monarchie. On parle de monarchie de quatorze siècles, c'est aller loin dans le passé. La France a le spectacle et n'a guère que le souvenir de tristes monarchies de quatorze ans, de dix-huit ans, luttant contre les idées de cet âge et s'écroulant les unes sur les autres. Voilà leurs garanties de sécurité, de stabilité, qu'on a le singulier courage d'enseigner aux faibles et d'exalter encore chaque jour. Leurs hommes d'État, prudemment éclipsés après Février, remontés au jour maintenant, s'évanouissent à la lumière de la République. Son but généreux les étonne. Ils dévoilent devant ces problèmes les misères de leurs cœurs et de leurs idées.

« Quand, en présence des plaies nationales, creusées jusqu'à l'abîme, abîme où les deux royautés parentes sont tombées, tomberaient encore, le plus capable de ces hommes d'État, dans son rapport sur l'assistance, M. Thiers, conclut qu'il n'y a rien à faire, ma raison, celle du pays, concluent uniquement qu'il n'y a rien à faire de lui, malgré son immense talent, mais de cœur aride et stérile, rien à faire du génie de la monarchie. Il n'y a de salut, de force, d'avenir que dans la constitution de la République. Elle est le parti national, sa cause est celle du patriotisme.

« Dans les passages incriminés du numéro du 27 avril, ma répulsion pour la politique ministérielle s'est donné carrière , je le reconnais. C'était le droit de la vérité, de la liberté. Mais cet article même, croyez-le, Messieurs, témoin irrécusable de mes sentiments, respecte tout ce qui est respectable, la révolution, la justice, le pouvoir, la civilisation, la liberté, l'ordre, le travail. Je suis aux pieds et au service de ces principes, du même cœur que je combats un ministère leur plus menaçant ennemi. Je ne puis mieux conclure ma défense qu'en donnant lecture des quelques lignes qui terminent l'article. Je me place sous leur sauvegarde. »

(Ici M. P. Merland fait lecture de cette fin d'article. Il exprime, en opposition aux pratiques du ministère d'Hautpoul et de ses principaux subalternes , des aspirations modérées, constitutionnelles, qui ne peuvent manquer d'être sympathiques aux membres du jury.)

M. l'Avocat-Général se lève de nouveau, et réplique à peu près en ces termes :

« Vous croyez, Messieurs les Jurés, être juges d'un simple débat criminel, et vous devenez, d'après la défense, appréciateurs des destinées de la patrie.

« Ces Ministres sans loyauté, sans bonne foi, je regrettais qu'ils ne fussent pas là pour écraser d'un mot d'injustes accusations qui ne peuvent, du reste, les atteindre. Ma voix devait s'élever dans cette enceinte pour les défendre, je l'ai fait.

« On est sorti du débat. Il y a une chose qui a été contestée et que j'affirme. J'affirme que le ministère public, en employant la voie de la citation directe, n'a pas voulu autre chose que faire venir l'affaire à cette session. »

M. l'Avocat-Général dit, qu'en raison des délais nécessaires,

4

l'accusation, en suivant la marche ordinaire, n'aurait pu être édifiée pour la présente session.

« Quant à M. Merlaud, aucun esprit d'animosité ne m'a dirigé contre lui ; je n'ai point entendu porter atteinte par les poursuites à son honneur et à sa considération.

« Un mot maintenant sur ce qui a précédé l'affaire. Je n'ai point blâmé l'arrêt de non-lieu, je l'ai au contraire invoqué. Magistrat moi-même, je connais trop le respect qui doit environner les décisions de la justice pour les blâmer. — On a voulu faire entendre, Messieurs, que c'était à M. d'Hautpoul seul que le journal s'était attaqué. C'est l'excitation à la haine et au mépris du gouvernement que nous avons déférée devant vous, et non une attaque personnelle contre M. d'Hautpoul. Le ministère public ne peut poursuivre que lorsqu'il y a plainte du Ministre, et vous pensez bien, Messieurs, qu'il y a impossibilité pour lui d'aller soutenir devant les différents jurys de France les attaques dont il peut être l'objet.

« Nous ne sommes pas d'accord sur les principes avec la défense. Toutes les fois qu'il s'agit de critique, vous en avez le droit, mais vous devez respecter les personnes, respecter l'autorité. »

M. l'Avocat-Général fait ressortir ici la difficulté de l'application des précédents en matière criminelle. La loi de 1848 es en effet la reproduction de la loi de 1822, elle est applicable en ce sens qu'elle frappe de répression les attaques contre le Gouvernement.

« On a parlé dans ce procès, continue M. l'Avocat-Général, d'épaules roturières fustigées par les valets des nobles ; ceci est un anachronisme ; il n'y a plus de noblesse en France ; ne sommes-nous pas sous un gouvernement où nous avons tous les mêmes droits ? C'est à la justice que nous devons adresser nos plaintes ; n'est-ce pas la meilleure égide des citoyens ? Quant aux Ministres, ce que nous demandons pour eux, c'est de profiter du droit commun.

« Nous avons été frappé d'un pénible sentiment de surprise en entendant soutenir par le défenseur, que les Ministres sont des hommes sans foi, sans loyauté. C'est une aggravation de la défense, et c'est en outre une haute imprudence.

« Si vous traitez ainsi les hommes qui sont au Pouvoir, si vous y arrivez, vous aussi y tomberez, soyez-en sûrs. Pourquoi ces accusations violentes ? M. d'Hautpoul, j'ignore son passé, ce que je sais, c'est que c'est un officier-général qui a bien mérité de son pays. Quand on lui reproche d'avoir servi plusieurs gouvernements, mais quel est l'homme d'intelligence qui ne l'a pas fait ? heureux les derniers gouvernements qui trouvent des hommes d'expérience pour servir la patrie !

« Ce n'est pas du banc de la défense que je m'attendais à entendre prononcer, contre M. Baroche, des paroles de mépris. Et puisqu'une voix devait s'élever ici en faveur de l'avocat éminent appelé à la tête du ministère de l'Intérieur, j'ai rempli mon devoir en protestant contre vos injustes accusations.

« On vous a dit encore, Messieurs les jurés, que le ministère public frappait la presse sans intelligence, sans discernement. On vous a lu à cette occasion un article d'un journal qui n'a pas été poursuivi. Eh ! que m'importe à moi l'article dont on vous a donné lecture ? Ce que je puis dire, c'est que je le trouve mauvais et que si le journal était placé dans le ressort où j'exerce mon action, je le poursuivrais avec énergie. Ceci n'est donc pas un argument sérieux.

« Pourquoi prétendre encore qu'il y a une classe restreinte, exclusive, qui seule se croit appelée à défendre la République ? Mais moi aussi, je la défends la République ; seulement je la défends mieux que vous. Je redoutais, je l'avoue, son avénement, mais je m'y suis rallié avec franchise, et je la défendrai de toutes les forces de mon intelligence.

« Voulez-vous mon sentiment personnel ? le voici : Nous ne sommes pas socialistes, nous sommes au contraire l'adversaire déterminé de ces sectaires qui, en Allemagne, inscrivaient cette maxime sur leur bannière : *Si vi Deus.*

« Si nous avions, continue M. l'Avocat-Général, la douleur d'assister en France à l'avénement du socialisme, nous prenons l'engagement de descendre alors de ces bancs, pour aller nous asseoir, à côté de vous, sur les bancs de la défense où, nous en sommes sûrs, nous retrouverions des amis.

« C'est par leurs propres excès, ajoute M. l'Avocat-Général, qu'ont péri les gouvernements démocratiques. Permettez-moi de vous citer à ce sujet un mot du général Cavaignac, jeté aux bancs de la Montagne : « Je ne sais pas, disait le général, si la République est destinée à périr, mais si elle périt, n'en accusez que « vos haines et vos fureurs. »

« Je défendrai la République, dit M. l'Avocat-Général, car si elle n'était pas sauvée, que resterait-il ? le despotisme brutal ; et si ce cataclysme épouvantable arrivait, nous serions, vous et moi, emportés par le torrent, moi avec la conscience d'avoir rempli mon devoir, vous avec le regret de ne pas avoir compris le vôtre.

« On a prétendu que nous avions déserté l'accusation, cela n'est pas ; ce que nous avons dit, Messieurs les jurés, c'est qu'il fallait examiner froidement l'article soumis à vos appréciations.

« C'est pour la dernière fois, nous l'espérons, qu'on évoquera les tristes souvenirs du désastre de la Basse-Chaîne. Un dernier mot en terminant, dit M. l'Avocat-Général : le prévenu, non content d'user du droit de discussion, a porté atteinte au Gouvernement par ses attaques injustes et passionnées. »

Me Guitton se lève pour répliquer au ministère public : « A l'accent d'honnêteté, dit-il, qui respire dans la défense de M. Merlaud, le jury aura suffisamment compris, sans qu'il me soit nécessaire de rien ajouter, quel homme il avait devant lui.

« Le ministère public nous a fait un reproche de n'avoir pas semé des fleurs et jeté de l'encens devant M. Baroche. Nous lui répondrons que ce rôle d'esclave ne peut, en aucune façon, nous convenir ; tant que nous aurons l'honneur de porter la robe d'avocat, nous ne nous y soumettrons pas.

« Si j'avais fouillé dans la vie privée de MM. Baroche et d'Hautpoul, pour en retirer le scandale à pleines mains, je vous aurais permis de dire que j'avais outrepassé mon droit. Mais j'ai ouvert l'histoire. Je ne me suis pas enquis si M. d'Hautpoul était bon père de famille, s'il élevait ses enfants avec soin, j'ai dit ce qu'était l'homme politique. — Si vous m'aviez demandé mon opinion sur M. Baroche, avocat, j'aurais dit avec vous. Oui, c'était un homme d'affaires d'un certain renom, ayant une nombreuse clientèle et gagnant beaucoup de procès ; mais j'avais à apprécier M. Baroche, homme politique, Ministre, et j'ai répété, comme c'était mon droit et mon devoir, avec M. Merlaud : MM. d'Hautpoul et Baroche sont sans foi politique.

« Vous avez mal saisi la question de droit, nous dit-on ; je crois, au contraire, moi, que M. l'Avocat-Général m'a mal saisi. »

Ici Me Guitton développe de nouveau les arguments qu'il a fait valoir dans la défense pour prouver la distinction existant et constatée par les tribunaux de Paris et de Bordeaux, entre l'excitation à la haine du Gouvernement et la critique des actes des Ministres. — Il s'étonne que le ministère public se soit plaint qu'il ai rappelé ce bon temps féodal où les grands seigneurs faisaient bâtonner les vilains ; il l'invoque de nouveau, et explique qu'il a déjà cité la conduite tenue vis-à-vis de Beaumarchais ; et termine ainsi : — Il y a là une situation qui mérite votre sollicitude, Messieurs les jurés.

« Vous êtes les gardiens de l'égalité devant la loi, et quand cette

égalité est froissée, c'est à vous de la relever. — M. l'Avocat-Général a fait appel, je crois, à nos remords dans l'avenir. Ah ! pour qui sert sans arrière-pensée la cause démocratique, il n'est pas de remords possible; et si le ministère public pouvait plonger les regards dans notre cœur, il comprendrait qu'il n'y a pas de place au remords.

« Si nous devons souffrir pour une cause si chère , si nous devons , comme l'a dit M. l'Avocat-Général , être entraîné par l'orage, nous souffrirons, heureux si nos douleurs profitent à sa liberté !

« J'ai entendu avec plaisir, Monsieur, votre profession de foi républicaine. Nous ne sommes ni jaloux ni exclusifs, et accueillons avec joie tous les soldats, tous les penseurs nouveaux.

« Ceux que nous ne recevons qu'avec défiance, ce n'est pas de vous dont je parle, M. l'Avocat-général , ce sont ceux qui ne viennent à nous que du bout des lèvres. Les protestations sont belles, en effet, mais j'aime à voir des actes comme garantie. — Ces sentiments ne sont pas les miens exclusivement. Ce sont ceux du *Précurseur*, de ses propriétaires. Vous ne pouvez pas donc condamner. Vous ne rendrez pas un verdict de culpabilité, car il y aurait ceci de curieux, que ce serait la première condamnation de presse prononcée par le jury de Maine-et-Loire, et la première aussi subie par le *Précurseur*. »

M. l'Avocat-Général : Un mot seulement, Messieurs : un philosophe ancien, voulant prouver le mouvement, se mit à marcher.— Pour prouver aujourd'hui qu'on a le droit d'outrage , on a outragé.

M. le Président fait le résumé des débats. Le jury entre ensuite dans la salle de ses délibérations et en ressort une demi-heure après, apportant un verdict de non-culpabilité sur les quatre questions qui lui avaient été posées.

La Cour prononce l'acquittement de MM. Maige et Merlaud.

La lecture de cet arrêt est accueillie avec une vive satisfaction.

Le gérant (Signé) BIOT.

Paris, imp. de L. TINTERLIN, rue Nve-des-Bons-Enfants, 3.

www.ingramcontent.com/pod-product-compliance
Lightning Source LLC
Chambersburg PA
CBHW061644180626
46818CB00003B/965